AF370118

VENTE

Des 25, 26 et 27 Novembre 1902

HOTEL DROUOT, SALLE Nº 6

à deux heures

ATELIER

DE FEU

F.-H. KAEMMERER

COMMISSAIRE-PRISEUR

Mᵉ LÉON TUAL

56, rue de la Victoire

EXPERTS

MM. J. CHAINE et SIMONSON

19, rue de Caumartin

ALERIE
D'ARTISTES
MODERNES
19 Rue Caumartin
PARIS

CATALOGUE

DES

TABLEAUX ET ÉTUDES

Aquarelles et Dessins

PAR FEU

F.-H. KAEMMERER

ET DES

COSTUMES DES ÉPOQUES LOUIS XV, LOUIS XVI, DIRECTOIRE, EMPIRE

Meubles Anciens, Objets de Curiosité

LIVRES ET GRAVURES DE MODES DE DIVERSES ÉPOQUES

Chevalets, Mannequins, etc.

GARNISSANT SON ATELIER

Dont la Vente aura lieu, par suite de son décès

HOTEL DROUOT, SALLE N° 6

Les Mardi 25, Mercredi 26 et Jeudi 27 Novembre 1902

à deux heures

COMMISSAIRE PRISEUR	EXPERTS
Me LEON TUAL	MM. J. CHAINE et SIMONSON
56, rue de la Victoire, 56	19, rue de Caumartin, 19

Chez lesquels on délivre le Catalogue

EXPOSITION PUBLIQUE, SALLES N°s 5 et 6

Le Lundi 24 Novembre 1902, de 1 h. 1/2 à 5 h. 1/2

CONDITIONS DE LA VENTE

Elle sera faite au comptant.

Les acquéreurs payeront *dix pour cent* en sus des prix d'adjudication.

L'exposition mettant le public à même de se rendre compte de l'état et de la nature des objets, aucune réclamation ne sera admise une fois l'adjudication prononcée.

Paris.—Imp. de l'Art, E. Moreau et Cⁱᵉ, 41, r. de la Victoire.

DÉSIGNATION

TABLEAUX

1 — *Le Domino.*

Médaille d'argent, Exposition Universelle de 1900.

Sans droit de reproduction.

Toile. Haut., 2 m. 45 cent.; larg., 1 m. 48 cent.

2 — *Le Bébé à l'Opéra.*

Sans droit de reproduction.

Toile. Haut., 81 cent.; larg., 55 cent.

3 — *Soir d'Automne.*

Toile. Haut., 75 cent.; larg., 1 m. 40 cent.

4 — *Au Bal masqué.*

Toile. Haut., 1 mètre; larg., 81 cent.

5 — *Le Nouveau-Né.*

Sans droit de reproduction.

Toile. Haut., 1 m. 11 cent.; larg., 75 cent.

6 — *Jeune Femme au bord de la mer.*

Toile. Haut., 1 mètre; larg., 81 cent.

7 — *La Parade.*
> Sans droit de reproduction.
> > Toile. Haut., 1 mètre; larg., 81 cent.

8 — *Jeune Femme à sa toilette.*
> Sans droit de reproduction.
> > Toile. Haut., 60 cent.; larg., 35 cent.

9 — *Dans le Jardin.*
> > Toile. Haut., 50 cent.; larg., 25 cent.

10 — *La Curieuse.*
> > Toile. Haut., 55 cent.; larg., 32 cent.

11 — *La Rencontre.*
> > Toile. Haut., 46 cent.; larg., 35 cent.

12 — *L'Attente.*
> > Toile. Haut., 46 cent.; larg., 38 cent.

13 — *Le Mur des Fédéres.*
> > Toile. Haut., 00 cent.; larg., 00 cent.

14 — *La Lecture.*
> > Toile. Haut., 38 cent.; larg., 28 cent.

15 — *Femme au Manchon.*
> > Toile. Haut., 25 cent.; larg., 16 cent.

ÉTUDES ET ESQUISSES

16 — *La Violoniste.*

17 — *Le Coup de vent.*

81 — *Tête de Femme.*

82 — *Cinq Têtes.*
    Études.

83 — *Étude.*

84 — *Étude.*

85 — *Tête de Femme.*

86 — *Nature morte.*

87 — *L'Élève du Conservatoire.*

88 — *Trois Têtes de Femmes.*

89 — *Un Incroyable.*

90 — *Le Violoniste.*

91 — *Étude.*

92 — *La Toilette.*

93 — *Étude.*

94 — *Trois Têtes d'Hommes.*

95 — *Jeune Femme tenant sa jupe.*

96 — *Femme en costume blanc.*

97 — *Étude pour la Maîtresse de pension.*

98 — *Étude d'Homme en costume Louis XVI.*

99 — *Étude.*

100 — *Étude pour le tableau du Salon de 1902.*

101 — *Tête de Femme.*

102 — *Tête de Femme.*

103 — *Étude.*

104 — *Jeune Paysanne.*

105 — *Étude.*

107 — *Les Merveilleuses.*
Esquisse.

108 — *Femme en décolleté.*

109 — *Étude.*

110 — *Tête de Femme.*

111 — *Tête de profil.*

112 — *Tête de Femme.*

113 — *Étude.*

114 — *Femme coiffée d'un chapeau Directoire.*

115 — *Femme assise sur la plage à Katwijk.*

116 — *Femme au Chapeau noir.*

117 — *Femme au Chapeau Empire.*

118 — *Femme à la toque noire.*

119 — *Femme hollandaise.*

120 — *Tête de profil.*

121 — *Étude.*

PAYSAGES

182 — *A Grenade.*

183 — *Intérieur à Tanger.*

184 — *Maison à Grenade.*

185 — *A Tanger.*

186 — *A Lagny-Thorigny.*

187 — *A Chelles.*

188 — *Les Rochers à Saint-Lunaire.*

189 — *Marée montante à Biarritz.*

190 — *A Biarritz.*

191 — *A Tanger.*

192 — *A Biarritz.*

193 — *A Grenade.*

194 — *Noordwyk.*

195 — *La Villa Grisi, à Genève.*

196 — *Escalier dans la falaise, à Biarritz.*

197 — *Villa Grisi, à Genève.*

198 — *Intérieur de forêt.*

199 — *Barques de pêche en Hollande.*

200 — *La Marne à Lagny.*

201 — Sous ce numéro, les Études de paysage, non cataloguées.

AQUARELLES

202 — *Sur le sable mouillé.*

203 — *Sur la plage.*

204 — *Le Traîneau renversé.*

205 — *La Blanchisseuse à Biarritz.*

DESSINS

206 — *Étude pour le Pensionnat.*

207 — *Le Violoncelliste.*

208 — *Hollandaise réparant les filets.*

209 — *Curieuse.*

210 — *Étude.*

211 — *Femme masquée.*

212 — *La Blanchisseuse.*

213 — *Passage difficile.*

214 — *Femme en costume Louis XIV.*

215 — *Bergère.*

216 — *Femme en costume Directoire.*

216 *bis* — *Femme à sa toilette.*

238 — *Le Bas-Meudon.*
Sépia.

239 — *Étude en Espagne.*

240 — *Une Rue à Cadix.*

241 — Sous ce numéro, les dessins, croquis non catalogués (Seront divisés).

COSTUMES

ÉTOFFES ET TAPISSERIES

242 — Habit Louis XVI, velours vert brodé.

243 — Habit Louis XVI, soie bleue rayée rose.

244 — Habit Louis XVI, soie noire.

245 — Habit et gilet brodé au passé.

246 — Habit Louis XVI, satin beige brodé.

247 — Habit, incroyable, drap rouge.

248 — Habit, incroyable, soie rayée verte.

249 — Habit, incroyable, soie jaune, boutons métal.

250 — Habit Louis XVI, soie brodée.

251 — Habit et culotte Louis XVI, soie brochée.

252 — Habit d'incroyable, drap gris.

253 — Six gilets Louis XV-XVI (Seront divisés).

254 — Habit et culotte, soie verte.

255 — Habit Louis XVI, soie rayée rose.

256 — Lot d'habits de diverses époques (Sera divisé).

257 — Lot de gilets de diverses époques (Sera divisé).

258 — Lot de culottes de diverses époques (Sera divisé).

259 — Lot de costumes de paysans (Sera divisé).

260 — Lot de chapeaux d'hommes (Sera divisé).

261 — Lot de chapeaux de femmes (Sera divisé).

262 — Robe de Directoire, soie grise rayée.

263 — Robe Empire, soie rose.

264 — Robe Empire blanche, brodée, à dents.

265 — Robe Empire blanche, bordée satin.

266 — Robe Empire, crêpe rose brodé.

267 — Robe 1820, crochet multicolore.

267 *bis* — Robe 1820, en gaze blanche.

268 — Jupe Empire, broderies vertes.

269 — Robe Empire, brodée.

270 — Robe Empire, en mousseline brodée.

271 — Robe Empire en mousseline, broderies métal.

272 — Écharpe Empire en cachemire rouge.

273 — Trois écharpes en crêpe.

274 — Écharpes en soie brodée.

275 — Châle carré jaune, Empire.

276 — Châle pointe, soie rouge rayée.

277 — Lot de costumes d'enfants (Sera divisé).

278 — Lots d'écharpes (Seront divisés).

279 — Lot de guêtres anciennes (Sera divisé).

280 — Lot de mitaines et gants (Sera divisé).

281 — Lot de bas et chaussettes (Sera divisé).

282 — Lot de bonnets et coiffures (Sera divisé).

283 — Lot de souliers de diverses époques (Sera divisé).

284 — Lot de réticules (Sera divisé).

285 — Lot de soieries anciennes (Sera divisé).

286 — Costumes arabes.

287 — Tapisserie-verdure, avec bordure.

288 — Fragment de tapisserie, représentant Moïse faisant tomber la manne.

289 — Tapisserie-verdure, avec bordure.

290 — Lot de fragments de tapisseries.

OBJETS VARIÉS

291 — Deux appliques à deux bras en bois sculpté. Époque Empire.

292 — Petite statuette en bois sculpté ou doré : « Atlas portant le Monde céleste ».

293 — Deux panneaux bois sculpté et doré. Travail chinois.

294 — Statuette en bois sculpté : « La Vierge tenant un livre ». xviie siècle.

295 — Deux supports-appliques en bois sculpté et doré.

296 — Petit buste en terre cuite peinte.

297 — Petit coffret en bois de placage. Époque de Louis XVI.

298 — Coffret en bois, décoré d'entrelacs de feuillages, de fleurs et d'oiseaux.

299 — Coffret en bois, décoré de rosaces et entrelacs.

3oo — Navire hollandais à trois mâts. Petit modèle ancien.

3o1 — Navire de guerre hollandais, à deux rangs de canons. Modèle ancien.

3o2 — Quatre lampes hollandaises en cuivre.

3o3 — Deux plateaux en cuivre gravé.

3o4 — Horloge hollandaise à poids, cadran en bronze peint.

3o5 — Peau de crocodile.

3o6 — Traîneau hollandais en bois sculpté et doré, panneaux décorés de figures nues, dans un paysage. Encadrements de fleurs et attributs, à l'avant un cygne en bois sculpté.

3o7 — Traîneau hollandais en bois sculpté, panneaux décorés de sujets allégoriques, à l'avant un aigle.

3o8 — Harpe. Époque de Louis XVI.

3o9 — Vielle ancienne. La table est décorée de saints en prières.

31o — Lot d'instruments de musique (Sera divisé).

311 — Lot d'armes orientales (Sera divisé).

312 — Mannequin articulé. Femme.

3.3 — Appareil de photographie, monté sur pied à crémaillère. Objectif de la maison Darlot, Paris.

3.4 — Plusieurs chevalets (Seront divisés).

3.5 — Lot de toiles, panneaux, brosses, matériel d'atelier (Sera divisé).

3.6 — Lot de cadres dorés.

3.7 — Appareils pour grandissements et projections photographiques.

MEUBLES

3.8 — Grande armoire en noyer, ouvrant à deux vantaux décorés de mascarons et de moulures dites pointes de diamants. Dans les angles, deux grandes cariatides. XVIIe siècle.

3.9 — Crédence en noyer sculpté. La partie supérieure, ouvrant à deux portes, est supportée par des gros pieds tournés reposant sur un entablement formant coffre. Travail hollandais.

320 — Secrétaire en bois de placage, décoré de panneaux en marqueterie et en laque à sujets chinois. Poignées et entrées de serrures en cuivre repoussé et doré. XVIIIe siècle. Travail hollandais.

321 — Grand paravent en bois laqué. Travail chinois, huit feuilles.

322 — Deux fauteuils en acajou, recouverts en crin. Époque Directoire.

323 — Deux chaises en acajou, recouvertes en crin. Époque Empire.

324 — Petite vitrine en noyer. Style Louis XVI.

325 — Petite table en noyer, à pieds tors. Époque Louis XIII.

326 — Table en bois sculpté, peinte en gris. Style Louis XVI.

327 — Fauteuil en bois sculpté. Époque Louis XIII.

328 — Fauteuil en bois sculpté. XVIIe siècle.

329 — Banquette à quatre pieds, recouverte en velours. Style Louis XIII.

LIVRES ET GRAVURES

330 — *Pen Drawing and Pen Draughtsmen, their work and their methods, a Study of the art to-day with technical suggestions by* Joseph Pennel. In London et New-York, Macmillan et Cie.

331 — *Iconographie générale et méthodique du costume du IVᵉ au XIXᵉ siècle*, par Raphaël Jacquemin. Deux volumes.

332 — *Documents classés de l'art dans les Pays-Bas, du Xᵉ au XVIIIᵉ siècle*, recueillis et reproduits par J.-J. Van Ysendyck. Quatre volumes.

333 — *Dessins et croquis tirés de collections du comte André Mniszech et du Dʳ Franken*, et offerts par eux aux amis de leur ami Mouilleron.

334 — Lot de calques et gravures de modes de l'Empire (Sera divisé).

335 — *Les Chefs-d'œuvre d'art à l'Exposition universelle de 1878.*

336 — *Chefs-d'œuvre de l'Art antique.* Six volumes.

337 — Collection de *l'Art pour tous*.

338 — *Journal des Dames et des Modes*, de 1822 à 1826. Cinq volumes provenant de la bibliothèque du château de Lagny.

339 — Cartons de photographies.

340 — *XVIIIᵉ siècle. Institutions, usages et costumes. France, 1700-1789.* Ouvrage illustré

de 21 chromolithographies et 35o gravures
sur bois, par Paul Lacroix.

341 — *Histoire de la Société française pendant
la Révolution*, par Ed. et J. de Goncourt.

RED. :

18

MIRE ISO N° 1
NF Z 43-007
AFNOR
Cedex 7 - 92080 PARIS-LA-DÉFENSE

379.89.70
graphicom

0 1 2 3 4 5 6 7 8 9 10